LA COMÉDIE
DES ENFANTS SAGES
PAR
LOUIS LERICHE.

PARIS.
Vve H. CASTERMAN
ÉDITEUR
66, RUE BONAPARTE.

PARIS. — IMP. P. MOUILLOT, 13-15, QUAI VOLTAIRE.

LA COMÉDIE
DES ENFANTS SAGES

PARIS.

Vve H. CASTERMAN

ÉDITEUR

66, RUE BONAPARTE.

LA COMÉDIE
DES ENFANTS SAGES

PIERRE QUI MOUSSE
SI JEUNESSE SAVAIT — FAIS CE QUE DOIS
LES PROUESSES DE LA ROCHE AUX CAILLES
PORÇON DE LA BARBINAIS

PAR

LOUIS LERICHE

DESSINS

DE FERDINANDUS

PARIS
Vᵉ H. CASTERMAN, ÉDITEUR
66, RUE BONAPARTE

MDCCCLXXXII

IMPRIMÉ

POUR MADAME Ve H. CASTERMAN

PAR L'IMPRIMERIE DE LA SOCIÉTÉ ANONYME

DE PUBLICATIONS PÉRIODIQUES.

PRÉFACE

Tout d'abord, les pièces qui forment ce recueil n'étaient pas destinées à la publicité.

L'auteur les a composées à l'usage de ses enfants et de quelques-uns de leurs petits camarades; à certains jours de l'année, aux fêtes des parents, par exemple, elles étaient jouées en petit comité, devant un cercle restreint de spectateurs bienveillants.

Parmi ces derniers, il se trouvait d'autres pères de famille. C'est à eux qu'incombe la responsabilité de l'impression de ce recueil.

Frappés de l'excellente diction des jeunes acteurs et de leur manière intelligente de souligner les passages qui devaient précisément éveiller l'atten-

tion, ils sollicitèrent gracieusement l'auteur à publier les comédies enfantines.

Celui-ci pense qu'il y a peut-être quelque bien à faire et une lacune à combler. Guignol et Séraphin sont incontestablement insuffisants pour distraire les enfants tant soit peu intelligents. Le répertoire classique est vraiment trop sérieux pour le jeune âge, tandis que les pièces de théâtre, y compris les féeries et les pièces soi-disant scientifiques, ne sont point exemptes de danger.

Les cinq comédies, écrites sans prétention, offrent chacune un enseignement moral dont les enfants, tant acteurs que spectateurs, profiteront sans aucun doute. C'est l'ambition de l'auteur et ce sera en même temps sa plus belle récompense.

TABLE DES MATIÈRES

PIERRE QUI MOUSSE. (Acte Ier. Scène II).

PIERRE QUI MOUSSE

(LA COLÈRE)

DRAME EN DEUX ACTES

DÉDIÉ

A MADEMOISELLE LOUISE REICHEL

PERSONNAGES

GERTRUDE, une femme du peuple.
PIERRE, son fils.
JACQUES, ami de Pierre..
UN AUBERGISTE.
L'AUMÔNIER.
LE GEÔLIER.

(De nos jours.)

PIERRE QUI MOUSSE

ACTE PREMIER

Le théâtre représente l'intérieur d'un cabaret de petit bourg. A gauche, une buvette garnie de boissons et des accessoires usités. L'aubergiste se tient derrière; il est occupé à rincer des verres. A droite, des buveurs, gens du peuple en blouse ou en costume de travail; autour d'une table, au premier plan, sont assis Pierre et Jacques; ils jouent aux dés.

SCÈNE PREMIÈRE

PIERRE, JACQUES, L'AUBERGISTE.

JACQUES, après un dernier coup de dé.

Ah! ah! décidément, la chance est pour moi! Le double six (Gaiement.) Tu n'as plus qu'à payer, mon pauvre Pierre! (Il prend son verre et fait mine de vouloir trinquer.) Allons, à ta santé, et, « Vive la chance! »

PIERRE, repoussant son verre.

Non; je ne veux pas trinquer avec toi. Quant à ta chance, je crois bien que tu lui as donné un fameux coup de collier.....

JACQUES.

Qu'est-ce à dire, s'il te plaît?

PIERRE, lentement.

Ça veut dire..... ça veut dire.....

JACQUES.

Eh bien, quoi? parle.

PIERRE.

Tu veux le savoir? Soit. (Avec énergie.) Je suis surpris de la facilité avec laquelle tu amènes chaque fois le double six.

JACQUES, très calme.

Sais-tu bien, Pierre, que ceci est presque une insulte et que je pourrais le prendre en mauvaise part?

PIERRE.

Prends-le comme tu voudras; je maintiens ce que j'ai dit.

JACQUES, se levant.

Ah, c'est ainsi! C'est bien fait pour moi; ça m'apprendra de jouer avec des va-nu-pieds.

PIERRE lui sautant à la gorge, avec véhémence.

Tu m'appelles va-nu-pieds, toi? Voleur, escroc....

L'AUBERGISTE.

Hé! là, les amis; silence! cessez de faire du tapage, ou bien la porte n'est pas loin; je n'ai que faire de clients qui font du bruit chez moi.

JACQUES.

Vous avez raison, monsieur, j'ai honte; mais comprenez-vous les singulières façons de Pierre qui m'appelle voleur parce que je l'ai gagné?

PIERRE, à l'aubergiste.

Et lui, qui me traite de va-nu-pieds!

JACQUES.

C'est vrai, *tendant la main à Pierre*, je le regrette et je retire le mot.

L'AUBERGISTE.

A la bonne heure. Vous êtes un garçon raisonnable, Jacques, puisque vous convenez de vos torts. Quant à vous, Pierre, faites comme nous autres: mettez de l'eau dans votre vin, sans quoi il vous en cuira.

PIERRE, d'un air renfrogné.

Gardez vos conseils pour vous et donnez-nous à boire.

L'AUBERGISTE.

Je veux bien, — mais prenez garde; vos colères vous joueront quelque mauvais tour! Vous verrez, vous verrez.

(Il s'en va chercher à boire et l'apporte en grommelant; Jacques et Pierre se réinstallent à leur table; Jacques verse le vin.)

JACQUES.

Allons, Pierre, sans rancune. Buvons une dernière bouteille; c'est moi qui la payerai.

PIERRE.

Non; jouons-la; tu payeras si je gagne.

(Ils entrechoquent leurs verres et chantent.)

ENSEMBLE.

SCÈNE II

LES MÊMES et GERTRUDE qui entre lentement et cherche d'un regard inquiet son fils. Ce dernier s'est remis à jouer aux dés.

GERTRUDE.

Voilà, le voilà! J'étais bien sûre de le trouver encore au cabaret.....

PIERRE, sur un dernier coup de dé de Jacques.

Encore le double six! C'est, ma foi, trop fort!.... —Recommençons; — je ne quitterai qu'après avoir gagné.

GERTRUDE.

Derrière son fils, lui tapant doucement sur l'épaule.

Tu as joué! Et je vois à ta colère que tu as perdu. Eh bien, viens avec moi; viens, il est tard.

PIERRE, à part.

Allons, bon! Voici ma mère qui s'en mêle..... (Haut.) Mère, laissez-moi! Il faut que Jacques perde une bouteille ou qu'il dise pourquoi.

GERTRUDE, avec insistance.

Je t'en prie, mon fils, viens avec moi.

PIERRE, vivement.

Non! non! mille fois non!

JACQUES.

Voyons, Pierre, ta mère a raison; cessons le jeu et allons-nous-en.

PIERRE, de plus en plus véhément.

Non, je ne veux pas m'en aller! Je veux jouer! Mets-toi ici. Si tu ne me donnes pas ma revanche, tu es un lâche!...

L'AUBERGISTE.

Oh! oh! Encore des gros mots! Ils vont recommencer. Je vais aller chercher le garde champêtre (Il s'en va rapidement.)

JACQUES.

Écoute, Pierre, je ne veux pas me fâcher de nouveau, mais je ne jouerai plus et à aucun prix.....

PIERRE.

Tu joueras...

GERTRUDE, très effrayée, cherche à retenir son fils.

Pierre, au nom du ciel, calme-toi! calme-toi! (Elle le retient.)

PIERRE, se débattant.

Je ne veux pas me calmer, je.....

GERTRUDE.

Si, si, mon fils, viens avec moi. (A Jacques.) Vous,

Jacques, allez-vous-en d'ici ; je me charge de mon fils.

PIERRE.

Lâchez-moi, laissez-moi.....

GERTRUDE.

Calme-toi, calme-toi.

PIERRE.

Je ne peux pas me calmer! je veux jouer! Je veux boire.

GERTRUDE.

Non, tu ne boiras plus.

PIERRE.

Voyant Jacques s'éloigner, et toujours retenu par sa mère, cherche à se dégager.

Laissez-moi, vous dis-je! (Après une nouvelle lutte, arrivé au paroxysme de la colère, il ose lever la main sur sa mère et la frappe.) Ah, tiens!

GERTRUDE, tombant par terre.

Oh, fils malheureux! Qu'as-tu fait? (Elle s'évanouit. Tous les spectateurs de cette scène se pressent autour d'elle. Pierre paraît dégrisé et absolument consterné. Soudain, on entend frapper à la porte du cabaret.)

UNE VOIX.

Ouvrez! ouvrez au nom de la loi.

PIERRE, effrayé.

Ciel! déjà le châtiment.

La toile tombe.

FIN DU PREMIER ACTE

ACTE DEUXIÈME

Le théâtre représente la cellule d'une prison très sombre. Pierre est assis sur un misérable grabat; il porte des chaînes.

SCÈNE PREMIÈRE

PIERRE, L'AUMONIER.

L'AUMÔNIER, très doux.

Je vous ai apporté, mon pauvre garçon, les consolations de mon ministère. Vous avez, je pense, un grand regret du mal que vous avez commis?

PIERRE.

Ah, certes oui, monsieur! Je déplore mon emportement et ses terribles conséquences!

L'AUMÔNIER.

Alors, ne désespérez pas! la clémence est sœur de la justice; elle inspirera, j'en suis persuadé, le cœur des juges qui tiendront compte de votre jeunesse et de vos regrets.

PIERRE.

Hélas, monsieur! Voudra-t-on croire à la

sincérité de mon repentir et prendre pour réelle la honte que j'éprouve?

L'AUMÔNIER.

Espérez, mon fils. Péché avoué est à moitié pardonné. Pour tout le reste, fiez-vous à moi. Il prend son chapeau.) Allons, je vous quitte pour tenter des démarches en votre faveur; quelque chose me dit qu'elles seront couronnées de succès. (Il lui tend a main.) Adieu, mon fils.

SCÈNE II

PIERRE, LE GEOLIER.

PIERRE, plein d'angoisse.

Seul!... me voilà seul! Ah! qu'ai-je fait, mon Dieu!..... Pourquoi n'ai-je pas écouté les bons conseils de ma mère? Ce n'est pas une fois, mais cent fois qu'elle m'a mis en garde contre mes colères! Encore en ce jour fatal, jour trois fois maudit, c'est elle qui cherchait à me calmer!..... (Après une pause.) Et ce bon prêtre, qui voudrait faire entrer l'espoir en mon âme! Mais c'est en vain; je me sens perdu..... perdu à jamais! (Il s'adosse contre le mur et s'endort.)

LE GEOLIER; il est muni d'un trousseau de clefs et d'une lanterne; il apporte une cruche d'eau et un gros morceau de pain; il s'avance doucement et contemple un instant le prisonnier endormi.

Il dort, le pauvre garçon! Laissons-le dormir! Cela lui remplacera son dîner qui n'est pas succulent..... Pendant ce temps, les juges sont réunis et bientôt, peut-être, on le conduira à la potence, au grand plaisir des corbeaux! (Il dépose la cruche et le pain et s'éloigne.) Ma foi, tant pis, fallait pas qu'il y aille.

SCÈNE III

LE RÊVE DE PIERRE.

La porte du fond de la prison disparaît, aux accords d'une marche funèbre; on entrevoit une potence; à côté d'elle le bourreau et ses aides; un cortège lugubre s'en approche; on reconnaît Pierre, assisté de l'aumônier; autour de la potence des gendarmes et des curieux. Arrivé au bas des marches de la potence, le prêtre bénit Pierre; celui-ci est empoigné par les aides du bourreau. La mère de Pierre est à genoux, dans la posture d'une ardente prière. Au moment où le bourreau passe la corde à Pierre, la vision cesse.

SCÈNE IV

PIERRE, L'AUMONIER et LE GEOLIER.

PIERRE, s'éveillant en sursaut, jette un cri rauque et porte ses mains au cou comme pour en arracher une corde.

Non!.... Non!.... (Il tombe à genoux.) Grâce! pitié!.. je ne veux pas mourir! (Il regarde lentement autour de lui et reprend peu à peu ses sens.) Ciel! quelle horrible vision! (Il cache sa figure dans ses deux mains et pleure avec abondance; pendant ce temps la porte s'ouvre et l'aumônier, précédé du geôlier, pénètre dans la cellule. Pierre se retourne et les regarde avec résignation)..... Allons..... je vois ce que c'est! Il va falloir expier mon forfait.

L'AUMÔNIER.

Tranquillisez-vous, Pierre. Je viens vous apporter le pardon..... et la liberté.

PIERRE, étonné.

Ah!

(Sur un geste de l'aumônier, le geôlier débarrasse Pierre de sa chaîne.)

L'AUMÔNIER.

J'ai fait part aux juges de la douleur que vous éprouviez et ils en ont tenu compte; mais, mieux que par moi, vous avez été défendu par un témoin — je veux dire, par votre bonne mère.....

PIERRE, l'interrogeant.

Hélas, monsieur! je ne sais si je dois vivre puisque, par ma faute, ma pauvre et bonne mère n'existe plus!

L'AUMÔNIER.

Elle existe, Pierre, et veut vous embrasser!

SCÈNE DERNIÈRE

LES MÊMES et GERTRUDE.

GERTRUDE, entre vivement, cherche du regard son fils et se précipite dans ses bras; Pierre tombe à genoux.

PIERRE.

Ma mère!..... pardon!....

GERTRUDE, très émue.

De tout cœur, mon fils.

(Elle le relève; tous deux se tiennent entrelacés.)

L'AUMÔNIER.

Dieu n'a pas voulu qu'un crime, inexpiable et

terrible entre tous, fut commis; il a préservé les jours de votre mère. Souvenez-vous en, Pierre; *Craignez et évitez la colère.*

La toile tombe.

FIN

SI JEUNESSE SAVAIT.

SI JEUNESSE SAVAIT

(LA PARESSE)

PROVERBE EN UN ACTE

DÉDIÉ

A MONSIEUR PHILIPPE-EMMANUEL GLASER

MON FILLEUL

PERSONNAGES

Le docteur PHILIPPE.
FRANCESCO, peintre.
LA FÉE DU TRAVAIL.
UN FACTEUR.

SI JEUNESSE SAVAIT

Un atelier bien modeste; un chevalet, quelques cartons et toiles; au fond, sur une table, une statue enveloppée de draperies; à droite un bureau, avec fioles et livres. Le docteur Philippe dort, appuyé sur son bureau. Francesco est assis devant le chevalet; tous les deux paraissent très âgés. Au lever du rideau, Francesco cesse de peindre, il a froid et se frotte les mains.

SCÈNE PREMIÈRE

FRANCESCO.

Pas moyen de travailler, il fait trop froid; et dire que nous n'avons pas de quoi manger ni l'un ni l'autre... (Voyant son frère endormi.) Ah! si je pouvais dormir aussi! brrr, quel froid!

LE DOCTEUR, s'éveillant.

Ah! le beau rêve! Oh! l'excellent repas! Quel dommage de s'éveiller!

FRANCESCO.

Comme ça, tu as mangé? Mais puisque ce n'était qu'un rêve, je donnerais tout ce dîner imaginaire pour n'importe quoi à mettre sous la dent.

LE DOCTEUR.

Moi aussi, car j'ai une faim de loup.

FRANCESCO.

Heureusement pour nous, je vais recevoir aujourd'hui même l'argent qui m'est dû par Goupil, pour le portrait livré ces jours-ci.

LE DOCTEUR.

Quant à moi, je vais visiter une malade, ma seule cliente, hélas! et je tâcherai de lui arracher quelques sous. (Il sort.)

SCÈNE II

(On frappe.)

FRANCESCO.

Entrez.

(Le facteur entre.)

FRANCESCO.

Bravo! C'est le facteur.

LE FACTEUR.

Voici une lettre pour le docteur Philippe, et en voici une autre pour M. Francesco, artiste peintre... C'est six sous.

FRANCESCO.

Six sous... diable? Comment faire! (Il cherche partout et finit par ramasser la somme sur le chevalet, sur le bureau et dans ses poches.) Les voici.

LE FACTEUR.

Merci, monsieur.

(Il sort.)

SCÈNE III

FRANCESCO seul. — Il ouvre la lettre et lit.

« Monsieur, j'ai le regret de vous apprendre « que le portrait peint par vous n'est pas du tout « ressemblant. Le client le refuse et ne veut pas « le payer. Avec mille regrets.

« GOUPIL. »

Ah! mon Dieu! mon Dieu! Quel malheur d'être artiste! Qu'allons-nous devenir?

(Francesco se jette sur une chaise, tire son mouchoir et s'en cache les yeux.)

SCÈNE IV

Le docteur Philippe rentre, l'air consterné; il tombe sur une chaise, vis-à-vis de son frère.

PHILIPPE.

Flambée... Une si excellente malade, que j'espérais bien traîner jusqu'à la fin de mes jours!

FRANCESCO, se redressant un peu.

Il y a sur ton bureau une lettre... Ouvre-la vite.

PHILIPPE.

Inutile! C'est ma cliente qui m'annonce son décès... prématuré, hélas!

FRANCESCO.

Alors... pas de quibus?

PHILIPPE.

Non. Mais toi?... ton portrait?

FRANCESCO.

Refusé! J'en suis pour mes frais.

SCÈNE V

Coup de tam-tam. La draperie de la statue tombe subitement et fait voir une jolie petite fée, éclairée par un feu de Bengale.

FRANCESCO ET LE DOCTEUR, ensemble.

Ah! qu'est-ce que c'est?

LA FÉE DU TRAVAIL.

Je suis la fée du travail : je vais vous toucher de ma baguette; cela vous forcera de dire la vérité, toute la vérité, rien que la vérité. (Elle touche de sa baguette la tête de chacun.)

LE DOCTEUR, après une pause.

Mon cher frère, ce qui m'arrive n'est que justice. J'ai perdu mon temps. J'ai oublié mes études. Au lieu d'augmenter mon savoir, j'ai joué au savant; ne sachant rien, oubliant le reste, j'ai perdu mes clients, un à un.

FRANCESCO.

Et moi donc!... j'avais du talent, j'avais de bons maîtres ! J'aurais pu comme eux devenir un grand artiste; mais, loin de les imiter, j'ai noyé mon talent dans l'absinthe des bastringues. Au lieu de monter, je suis descendu!

LE DOCTEUR, en montrant ses fioles.

Moi, il ne me reste pour vivre que les drogues qui sont dans ces fioles.

FRANCESCO, montrant deux toiles.

Pour calmer ma faim, je vais être obligé de manger mes deux abominables croûtes que voici.

ENSEMBLE.

Malheur! Malheur sur nous! Nous sommes justement punis!

SCÈNE VI

Pendant qu'ils sont plongés dans leurs réflexions, la fée étend sur eux sa baguette : barbes et perruques tombent, ils sont rajeunis l'un et l'autre.

FRANCESCO.

Ah! Dieu soit loué! Ce n'était qu'un cauchemar!

LE DOCTEUR PHILIPPE.

Cher frère! Quelle leçon!

FRANCESCO.

Et dont nous profiterons. (Avec résolution.) Dès aujourd'hui, je vais me mettre au travail, utiliser ma jeunesse pour devenir un artiste sérieux, s'il plaît à Dieu.

LE DOCTEUR PHILIPPE.

Tu parles d'or, je t'approuve et, à mon tour, je promets de modifier ma vie. (Se tournant vers son bureau.) Chers livres, vous n'aurez désormais de meilleur ami que moi; j'espère acquérir par vous la vraie science. (Il se tourne vers son frère.) Allons, frère, mettons-nous au travail et profitons de notre temps; tope-là.

FRANCESCO, serrant la main de son frère.

Tope.

FIN

FAIS CE QUE DOIS. (Scène dernière.

FAIS CE QUE DOIS

(L'ORGUEIL)

COMÉDIE EN UN ACTE

DÉDIÉE

A MADEMOISELLE YVONNE LE CLÈRE

2.

PERSONNAGES

YVES KARDEC.

YVON KARDEC.

LE NOTAIRE.

YVONNE.

FAIS CE QUE DOIS

Le Théâtre représente une ferme bretonne; au lever du rideau. le notaire compulsant des papiers, est en conversation avec Yvonne.

SCÈNE PREMIÈRE

LE NOTAIRE, YVONNE.

LE NOTAIRE.

Pensez-vous que votre cousin tardera de rentrer?

YVONNE.

Dame, monsieur, je ne saurais vous le dire. Il est parti ce matin pour couper le blé à un endroit fort éloigné d'ici, du côté de Penhoat.

LE NOTAIRE, *tirant de sa serviette un pli.*

En ce cas, ma chère enfant, je vous remets ce pli qui lui est destiné. Comme il s'agit d'une bonne nouvelle, il sera heureux de la recevoir de vos mains.

YVONNE.

Merci, monsieur. Bien que je ne sache point ce dont il s'agit, je serai bien contente de lui transmettre votre commission, puisque vous m'assurez qu'elle lui fera plaisir.

LE NOTAIRE.

C'est convenu ... (Se levant et prenant son chapeau.) Je vais terminer d'autres affaires dans ces parages, et je repasserai peut-être ici; au revoir donc, jeune fille.

YVONNE.

Au revoir, monsieur le notaire.

SCÈNE II

YVONNE, seule. Elle regarde le pli.

Ah! si je pouvais savoir ce que contient cette enveloppe! C'est peut-être un héritage! et alors..... Mais à quoi bon faire des songes creux. Il est vrai qu'il ne me déplairait pas d'être la fermière de céans. Mais mon cousin Yves, déjà si orgueilleux, ne voudra plus de moi du tout! (Examinant de nouveau.) Qu'est-ce qu'il peut bien y avoir là-dessous? (En regardant par la fenêtre.) Ah mais, je vais le savoir bientôt, car j'aperçois au loin mes deux cousins, Yves et Yvon.

SCÈNE III

YVES, YVON, YVONNE.

On entend d'abord le galop d'un attelage; peu après les deux cousins entrent en scène.

YVES.

Loué soit Jésus-Christ!

YVONNE.

En toute éternité!

YVES.

Bonjour, Yvonne! Nous voici de retour plus tôt que nous ne le pensions. (Après une pause.) Tiens... tu as l'air toute joyeuse... Qu'est-il donc arrivé?

YVONNE.

Une bonne nouvelle pour toi. Maître Lardenac, le notaire, m'a chargée de te remettre ceci, non sans me dire que le contenu te ferait plaisir.

YVES.

Donne, donne vite!

YVONNE.

Voici, cousin.

YVES ouvre le pli et paraît, en le lisant, de plus en plus surpris.

Par Notre-Dame de Ploërmel! voilà qui est surprenant.

YVON, s'approchant.

Qu'y a-t-il, mon cousin?

YVES.

Il y a... qu'un de nos parents — très éloigné du reste — qui à quitté le pays depuis bien, bien longtemps, Yvon Legonidec.....

YVON.

Tiens, c'est le nom de mon parrain...

YVES.

...Me lègue bel et bien, par le testament que voici, toute la fortune qu'il a gagnée à Paris; plus de 200,000 livres! (Avec joie.) Ah! ah! me voilà donc riche! Je suis riche!

YVONNE.

Ah! cousin, nous voilà riches! Nous allons pouvoir nous marier!

YVON.

Quel bonheur! Nous allons être riches!

YVES, très étonné.

Minute, minute; j'ai dit « Je serai riche », car

je vois malheureusement pour vous, que notre parent paraît vous avoir complètement oubliés.

YVONNE.

Qu'est-ce que ça fait, cousin, puisque tu m'as toujours dit : « Quand je serai riche, tu seras ma femme ».

YVES.

C'est vrai, mais.....

YVON.

Et puisque nous avons supporté ensemble bien des mauvais jours, cette fortune inattendue pourra suffire à nous trois.

YVES.

Hum! hum!... je ne dis pas non, je ne dis pas oui... 200,000 francs, ce n'est pas le Pactole, et les temps sont si durs!

YVONNE.

Oh!

YVON.

Voyons, voyons cousin, tu ne penses pas un mot de ce que tu dis.

YVES.

Au contraire... D'abord il me faut reconstruire notre... *ma* ferme; il me faut des chevaux, des voitures, que sais-je encore.

YVONNE.

Ah, quel malheur!

YVON.

Mais, c'est de la démence.

YVES, irrité.

En voilà assez. Je suis riche à présent et je n'ai que faire de vos conseils. Chacun est maître de sa fortune, et je prétends faire ce que bon me semble. (Il se prépare à s'en aller.) Je ne veux pas vous chasser de *chez moi*, où vous pourrez gagner votre pain en travaillant *pour moi*..... mais ne me parlez plus, ni de mariage, ni de partage.... Bonsoir la compagnie. (Il s'en va.)

SCÈNE IV

YVON et YVONNE.

YVONNE, pleurant.

Est-il Dieu possible que l'argent puisse faire de pareils changements! Ah! le vilain notaire, pourquoi est-il venu troubler notre repos.

YVON.

Ne pleure pas, ma petite Yvonne; puisque le

cœur de notre cousin est troublé par l'orgueil au point d'oublier tous ses beaux projets d'autrefois; moi, je te promets de ne pas t'abandonner.

YVONNE.

Merci, cher Yvon, je sais que tu es simple et bon et j'ai confiance en tes paroles.

YVON.

Et, vois-tu, cousine, il me vient une idée... si tu la partageais, cela me rendrait bien heureux.

YVONNE.

Parle, mon cousin.

YVON.

Je pense que..... tu es en âge de te marier; tu es bonne, honnête et travailleuse. Eh bien, je connais un garçon, bon Breton, bon chrétien, pauvre comme Job..... et (très embarrassé) et..... qui veut t'épouser; l'accepterais-tu?

YVONNE, très troublée.

Qui donc est-ce?

YVON.

C'est moi. (A ses genoux.) Accepte... et Dieu bénira notre union, Lui qui protège les pauvres et les faibles...

YVONNE, lui tendant la main.

Oui, cher Yvon; je te l'ai dit, j'ai confiance en toi.

YVON.

Ah! chère mignonne!

SCÈNE V

LES MÊMES, YVES et le NOTAIRE.

YVES, rentrant, parlant au notaire.

Maître Lardenac, j'ai reçu le testament d'Yvon Legonidec et je vous en remercie.

LE NOTAIRE.

Il y a de quoi, jeune homme. Et maintenant pour que tout soit en règle, veuillez me signer la minute que j'ai là sur moi.

YVES, signant.

Voilà, maître...

LE NOTAIRE, mettant ses lunettes et vérifiant la signature, tout à coup.

Eh mais,... vous ne signez pas bien votre nom.

YVES.

Comment cela?

LE NOTAIRE.

Votre prénom s'écrit Y, v, o, n, Yvon... et non pas Yves; c'est une faute.

YVON ET YVONNE.

Hein, qu'est-ce qu'il dit?

YVES.

Du tout, monsieur le notaire; je m'appelle bien Yves Kardec, Y, v, e, s. Yves.

LE NOTAIRE, *reprenant le testament.*

En ce cas, monsieur, j'ai l'honneur de vous saluer, la fortune n'est pas pour vous.

YVES, *interdit.*

Bigre!...

YVON.

Maître Lardenac, si le testament est en faveur d'Yvon Kardec, cette fortune entrera tout de même dans cette maison.

LE NOTAIRE.

C'est donc vous qui vous appelez Yvon?

YVON.

Oui, monsieur;... j'allais précisément vous

trouver pour vous prier de préparer le contrat de mariage de ma cousine Yvonne, que j'épouse dans huit jours.

YVES, *s'adressant à sa cousine.*

Yvonne? et moi qui devais t'épouser?

YVONNE.

Trop tard, mon cousin.

FIN

LES PROUESSES DE LA ROCHE AUX CAILLES. (Acte I. Scène première.)

LES PROUESSES DE

LA ROCHE AUX CAILLES

(LA VANTARDISE)

COMÉDIE EN UN ACTE

DÉDIÉE

A MONSIEUR PAUL MINVILLE

PERSONNAGES

LA MARQUISE.
Le commandant GRONDART.
VICTOR DE LA ROCHE AUX CAILLES.
NARCISSE, domestique.
SABRETOUT.
Invités, soldats, etc., etc.

(A Paris, dans un salon, du temps du siège.)

LES PROUESSES

DE

LA ROCHE AUX CAILLES

SCÈNE PREMIÈRE

Tous les acteurs sont groupés autour d'un drapeau tricolore et chantent le chœur des enfants, de la *Marseillaise.*

« Nous entrerons dans la carrière
« Quand nos aînés n'y seront plus.
« Nous y trouverons leur poussière
« Et la trace de leurs vertus.
« Bien moins jaloux de leur survivre
« Que de partager leur cercueil,
« Nous aurons le sublime orgueil
« De les venger, ou de les suivre.
« Aux armes, etc...

(Tout le monde, au bruit du canon, quitte la scène, excepté Narcisse.)

SCÈNE II

NARCISSE.

Aux armes, citoyens! aux armes! Eh bien, oui! Allez-y aux armes, pourvu qu'on me laisse tranquille. Je n'aime pas ça, moi, les armes. Dans quel temps vivons-nous! (Coup de canon.) Brrr.... encore ce bruit! Ah dame! s'il en tombait ici de ces vilains obus! c'est abuser de sa force. (Un coup de canon.) Encore! oh mon Dieu! mon Dieu! (Il se cache.)

SCÈNE III

NARCISSE et SABRETOUT.

SABRETOUT, arrive avec un panier contenant des provisions de bouche. Fort accent gascon.

Narcisse, Narcisse! Voilà les provisions de bouche. Tiens! il n'est pas là! Quand je dis des provisions de bouche, c'est quart de bouche, même demi-quart de bouche qu'il faudrait dire. (Successivement il tire de son panier les objets qu'il contient.) Voilà le filet de cheval, pour six personnes, et pas de réjouissance... Un oignon, cent sous... Deux pommes de terre, grâce aux yeux doux faits à la marchande... et voilà le bouquet : le pain! le fameux pain du siège; tiens, non, c'est mon charbon, j'ai confondu. (Il le remet et retire un morceau de pain. Le voilà! (Nouveau coup de canon.)

NARCISSE, effaré.

Encore! au secours!

SABRETOUT.

Tiens, je te cherchais.

NARCISSE.

Je suis content de te savoir ici, car ces coups de canon m'agacent les nerfs.

SABRETOUT.

Eh quoi! Narcisse! est-ce que tu-s-a peur?

NARCISSE.

Sapeur, moi? jamais de la vie.

SABRETOUT

A la bonne heure! des hommes comme toi-z-et moi, que nous sommes les véritables boulevards de la patrie.

NARCISSE.

Comment les boulevards? je ne veux pas... on piétinerait sur moi.

SABRETOUT.

Enfin, c'est bon! viens m'aider à préparer le festin lucculent.

NARCISSE.

Comment lucculent? tu veux dire succulent!

SABRETOUT.

Mais non, puisqu'on dit *Lucullus* et non pas *Succullus,* nonobstant.

SCÈNE IV

LES MÊMES, LA MARQUISE, GRONDART

La marquise entre au bras du commandant Grondart.

LA MARQUISE.

Que c'est aimable à vous, commandant, d'être venu me voir.

GRONDART.

Marquise! peut-il en être autrement, quand deux passions seules remplissent mon âme : la patrie et vous.

LA MARQUISE, *s'inclinant.*

Toujours galant.

GRONDART.

Simplement vrai, madame.

LA MARQUISE, *apercevant Sabretout.*

Ah! voici Sabretout. Avez-vous fait toutes mes commissions? les provisions?

SABRETOUT.

Certainement, madame; même que ça n'a pas été sans peine. Pendant trois heures, je n'ai cessé de faire queue. Et quelle queue! D'abord deux heures chez le boucher (Il montre de nouveau le filet de cheval) pour avoir ça. Deux heures chez la fruitière... même qu'elle est très gentille.

LA MARQUISE.

Sabretout!

SABRETOUT.

Oh, pardon, madame!... Deux heures enfin chez la boulangère...

GRONDART.

Marquise, est-ce que votre domestique aurait la mémoire louche?

LA MARQUISE, riant.

On le croirait; ces trois heures d'absence lui ont permis de faire six heures de queue. (S'adressant à Narcisse.) Et vous, Narcisse, avez-vous porté ma lettre à monsieur de la Roche aux Cailles?

NARCISSE.

Oui, madame; c'est-à-dire... non, madame. (Après un geste de surprise de la marquise.) Je vais vous dire, je n'ai pas osé sortir... à cause de la pluie.

GRONDART.

La pluie? mais il a fait une journée splendide, sans le moindre nuage.

LA MARQUISE.

Voyons, Narcisse, expliquez-moi!...

NARCISSE.

Madame, c'est qu'il m'avait semblé qu'il pleuvait... des obus.

LA MARQUISE.

Fi! le vilain poltron... Allez soigner le dîner...

SCÈNE V

GRONDART et la MARQUISE

GRONDART.

Marquise, puisque nous sommes seuls enfin, laissez-moi espérer une réponse favorable, et dites-moi, ne serait-ce que par un sourire, que vous serez ma femme, la guerre une fois finie.

LA MARQUISE.

Mais, Commandant, vous vous multipliez : vous

êtes assiégé là-bas, et assiégeant ici. Si votre riposte est égale à vos attaques, vous serez vainqueur partout.

GRONDART, transporté.

Madame, est-ce un oui?

LA MARQUISE.

Hélas! mon cher commandant, vous arrivez un peu comme Trochu... Grouchy veux-je dire... et quelqu'estime que j'aie pour vous, je suis obligée de répondre par un refus.

GRONDART.

Et pourquoi, madame?

LA MARQUISE.

Je ne suis pas libre. Monsieur Victor de la Roche aux Cailles vous a devancé, et ma main lui est promise.

SCÈNE VI

LES MÊMES, VICTOR, NARCISSE

(On sonne violemment.)

NARCISSE, annonçant

Le lieutenant Victor de la Roche aux Cailles.

VICTOR, à la cantonnade.

Colonel, animal. (Il entre tout à fait; costume militaire, très galonné, un sabre et une carabine, quatre pistolets, il est hérissé d'armes; après un salut militaire.) Voilà, voilà! ce n'est pas plus malin que ça! je n'en serais pas l'auteur que je ne le croirais pas moi-même.

LA MARQUISE.

Tiens, ce cher Monsieur de la Roche aux Cailles.

GRONDART, à part.

Ah! voilà mon concurrent.

LA MARQUISE.

Vous paraissez très ému! qu'avez-vous?

VICTOR, se rengorgeant.

Il y a! il y a! il me semble que cela doit se voir sur mes traits. Je rayonne!... est-ce que je ne rayonne pas, madame?

LA MARQUISE.

A l'intérieur peut-être. Je suis confuse, mais je ne saisis pas.

VICTOR.

Ah! eh bien, je vais vous expliquer.

GRONDART, à part.

Il ne me plaît pas beaucoup, ce jeune escargot de rempart ; trop de galons.

VICTOR.

Tel que vous me voyez, j'ai reçu le baptême du feu. Ah ! ça a été chaud, très chaud, et franchement, je ne me savais pas tant de courage.

LA MARQUISE.

Comment ! vous venez de vous battre ?

VICTOR.

Eh oui ! et j'ai battu l'ennemi à plate couture. Quelle journée ! mais quelle gloire ! Désormais les de la Roche aux Cailles pourront mettre un laurier tout entier dans leur écusson.

GRONDART, à part.

Comment ! une bataille ? C'est étrange.

VICTOR.

Madame et chère amie, je vous en prie, avant de vous faire le récit de cette journée glorieuse, appelez tout le monde. Il est bon que la postérité apprenne les prouesses d'un La Roche aux Cailles ; cela servira d'exemple.

LA MARQUISE sonne et s'assied ; entrent Narcisse et Sabretout et quelques invités.

Dites, monsieur, nous vous écoutons.

VICTOR, avec emphase.

Donc, nous étions cinq cents; non — deux cents à peine, lorsque, ce matin même, nous surprîmes l'ennemi dix fois supérieur. Nous le vîmes distinctement déployer ses bataillons, préparer ses canons, disposer sa cavalerie; la plaine entière en était couverte. Avec une rapidité que je ne me connaissais pas, je fis sonner la charge, taratata! et en avant!

L'ennemi avait beau former des carrés avec son artillerie, déployer en tirailleurs toute sa cavalerie, et lancer sur nous son infanterie au grand galop... rien ne put résister à l'élan que j'imprimais à mes troupes.

Cet élan était tel que nous dépassâmes de plus d'un kilomètre son front de bataille, et que nous ne fûmes arrêtés qu'au bord de la... (il cherche) Moselle.

Une fois revenus sur nos pas, nous nous mîmes à sabrer les canons,... à enclouer les chevaux,... et à faire prisonnier un nombre incroyable de morts qui jonchaient le canal! Enfin, et pour citer mon aïeul en vaillance « le combat finit, faute de combattants.» (Très fier.) Voilà ce que cinquante hommes résolus... et bien menés,... sont capables de faire.

LA MARQUISE.

Vraiment, monsieur, je vous félicite de tout cœur! Et comment s'appellera cette bataille?

VICTOR.

La victoire de Bondy! C'est là que ces hauts faits se sont passés, que l'ennemi a été coupé, taillé, mis à mort et perforé.....

LA MARQUISE.

De Bondy? ah, mais j'y songe, j'allais oublier les présentations: Monsieur Victor de La Roche aux Cailles.

(Victor s'incline.)

LA MARQUISE, vers Grondart.

Le capitaine Grondart, commandant le fort de Bondy.

VICTOR.

De Bondy. Diable!...

(Il demeure interdit.)

GRONDART, avec ironie.

Monsieur, je vous présente mes compliments! Tudieu! quelle verve et quel entrain! Avec beaucoup d'hommes comme vous, les soldats iront loin, (Vers la marquise.) Madame, il me tarde de voir le champ des exploits de monsieur de la Roche aux Cailles; me permettez-vous d'amener avec moi Sabretout, votre fidèle domestique, dont j'aurai besoin?

LA MARQUISE.

Volontiers! mais je regrette ce départ; ne deviez-vous pas partager mon modeste dîner?

GRONDART.

Si fait, madame, j'aurai cet honneur, et je pense même vous apporter un plat fort rare en ce moment.

LA MARQUISE.

Lequel?

GRONDART.

Un gros canard que je vais abattre et déplumer! A bientôt, chère marquise. (A part vers Victor.) Attends, blanc-bec, je vais te démasquer!

(La marquise l'accompagne.)

SCÈNE VII

LA MARQUISE, VICTOR, NARCISSE.

NARCISSE.

Je suis joliment content, monsieur Victor, du succès de vos exploits; cela vous fera pardonner la fameuse histoire du loup-garou, ou la grande battue de la Roche aux Cailles.

VICTOR.

De quoi te mêles-tu, maraud?

NARCISSE.

Dame! j'ai porté assez longtemps les marques des coups que j'ai reçus pour avoir dérangé inutilement les gens du pays et avoir couru vainement après ce terrible stic.

VICTOR.

Que veux-tu dire?

NARCISSE.

Dame! on a eu peur d'un loup-garou qui n'était qu'un loup-stic.

VICTOR.

Oh!...

NARCISSE.

Faut-il vous rappeler que tous les villageois aux alentours de la Roche aux Cailles étaient sur les dents; qu'ils poursuivirent jour et nuit, sans trêve ni repos, ce loup imaginaire, que vous seul finissiez par abattre, à la grande joie des paysans, mais au détriment de Médor, le chien du berger... qui disparut le même jour?

VICTOR.

Ah! tu vas te taire et ne pas m'exaspérer.
(Narcisse se sauve, la marquise entre.)

LA MARQUISE, rentrant.

Tiens, qu'est-il donc arrivé? Narcisse se sauve tout effaré.

VICTOR.

Rien, madame; le poltron a eu peur, parce que je feignais de l'emmener avec moi, pour l'enrôler dans mon régiment glorieux.

LA MARQUISE.

Que voulez-vous, monsieur, Narcisse est jeune encore, et il n'est pas donné à tout le monde d'avoir un courage égal au vôtre.

VICTOR.

Vous êtes mille fois trop aimable.

SCÈNE VIII

LES MÊMES, GRONDART, SABRETOUT

NARCISSE, annonçant.

Monsieur le commandant Grondart.

GRONDART, entre et salue.

Madame la marquise, me voici de retour. (A part.)

Y compris mon canard que l'on pourra servir chaud.

NARCISSE, rentre d'un air effaré.

Ah! mon Dieu; ah! mon Dieu. Sauvez-moi!

LA MARQUISE.

Narcisse? qu'est-ce qui vous arrive?

NARCISSE, tremblant.

Madame! en bas, il y a un gendarme qui vient me chercher; tenez le voilà. (Il tombe à genoux.) Ah! monsieur le gendarme, laissez-moi, prenez qui vous voudrez, mais pas moi.

LA MARQUISE, au gendarme.

Puis-je savoir l'objet de votre apparition chez moi?

SABRETOUT, déguisé en gendarme.

Madame la marquise, que je suis au comble de la désespérance, d'être obligé de vous violenter dans la personne de votre appartement, mais que je n'y puis absolument rien, vu que c'est par un ordre supérieur.

GRONDART.

Allons! soyez moins ampoulé, gendarme, et dites-nous ce qui vous amène.

SABRETOUT.

Voilà, mon commandant, un ordre du Cherche-Midi qui vous expliquera tout.

LA MARQUISE, au commandant.

Prenez, je vous en prie, et lisez; il me tarde d'avoir la clef de ce mystère.

GRONDART, lisant.

« Paris, le 28 décembre 1870. Gouvernement de « la Défense nationale. Conseil de guerre. Mandat « d'arrêt. Attendu qu'il résulte d'un rapport du gé- « néral commandant la 3e division de l'armée de « Paris, que l'insuccès de la sortie du 27 décembre « entre Saint-Denis et Bondy, doit être attribué à la « défection des hommes, officiers et soldats du « 113e bataillon, mandons et ordonnons d'amener « devant notre conseil de guerre, tous les hommes « faisant partie dudit bataillon, et notamment le « sieur Victor de La Roche aux Cailles...

TOUS.

De la Roche aux Cailles?

VICTOR.

Moi!

GRONDART

... « Pour être fusillé et ensuite jugé conformé- « ment à la loi. »

LA MARQUISE.

C'est à n'y rien comprendre, monsieur. Nous voici bien loin de la victoire.

VICTOR.

Mais c'est une abomination, ou tout au moins un malentendu. (Au gendarme.) Allez dire à vos maîtres qu'il y a là une erreur... qu'ils se trompent...

LE COMMANDANT, malicieusement.

Eh! monsieur, pourquoi vous alarmer? Il doit vous être facile de rétablir les faits.

SABRETOUT, roulant de gros yeux.

Que je prie ces messieurs de me dire quel est celui des deusses qui s'appelle de La Roche aux Cailles. Il faut absolument que je l'emmène avec moi.

VICTOR.

C'est moi! néanmoins je proteste énergiquement et je refuse de vous suivre.

GRONDART.

Pourtant, monsieur, vous savez qu'il faut obéir à la loi, et il me semble que c'est ce que vous avez de mieux à faire.

SABRETOUT prépare des menottes.

Voyons, monsieur, y sommes-nous?

VICTOR.

Mais c'est horrible! abominable! c'est impossible!

LA MARQUISE.

Enfin, monsieur, je vous prie de finir une scène aussi scandaleuse; je rougis d'avoir promis ma main à un homme accusé de désertion.

VICTOR.

Mais, madame, je vous juré qu'il y a une erreur, que c'est impossible.

LA MARQUISE.

Monsieur, après le récit que vous nous avez fait, et ce qui vient d'arriver, il sera difficile de vous disculper.

VICTOR, de plus en plus exaspéré et pendant que le gendarme fait un pas pour l'empoigner.

Eh bien! puisqu'on me pousse à bout, puisque cet abominable tricorne veut absolument une proie, qu'un mot peut lui faire échapper, eh bien... je le dirai, ce mot.

GRONDART, à part.

Attention! voilà le canard déplumé.

LA MARQUISE.

Eh bien, dites!

VICTOR, avec effort.

Je ne suis pas officier du 113e bataillon ! donc, je n'ai pas pu le commander, ni l'engager à la défection ! Il n'y a pas eu de sortie entre Saint-Denis et Bondy, et par conséquent, pas plus de défaite que de victoire.

TOUS.

Oh !...

VICTOR.

Et maintenant, j'espère que l'on voudra bien me laisser en paix.

LA MARQUISE, indignée.

Oui, monsieur, allez en paix, mais veuillez à l'avenir me dispenser de vos hommages. (Pendant ce temps, le gendarme a disparu. Sabretout revient et présente le caban à Victor.)

SABRETOUT.

Monsieur, votre voiture vous attend.

VICTOR, salue et disparaît.

SCÈNE DERNIÈRE

LA MARQUISE, au commandant.

Espérons, commandant, que la future génération parlera moins, et agira davantage. Allons, oublions tout ceci, et mettons-nous à table.

LE COMMANDANT.

Un mot seulement : Marquise, à quand la noce ?
(Lui baisant la main.)

LA MARQUISE.

Après la guerre, nous ferons la paix.

FIN

PORÇON DE LA BARBINAIS. (Scène Ire. Acte Ier.)

PORÇON
DE LA BARBINAIS

DRAME HISTORIQUE EN TROIS ACTES

DÉDIÉ

A MADEMOISELLE LOUISE MACÉ

PERSONNAGES

LE DEY D'ALGER.
FATIME, sa fille.
LE VIZIR.
LETELLIER, prêtre, ami de Porçon.
ZOBÉIDE, suivante de Fatime.
LE BOURREAU D'ALGER.
Ulémas, captifs, soldats du dey.

AVANT-PROPOS

En 1665, le roi Louis XIV envoya quinze vaisseaux contre les repaires d'Alger et de Tunis, força les barbares à respecter le nom de la France et le commerce des chrétiens. Un beau dévouement honora cette guerre. C'est le sujet du drame qui va suivre.

PORÇON DE LA BARBINAIS

ACTE PREMIER

La scène représente la grande salle du conseil. Au fond, la Casbah, dans la cour de laquelle on aperçoit Letellier entouré de captifs. On aperçoit encore un minaret, au sommet duquel un uléma se tient.

SCÈNE PREMIÈRE

L'ULÉMA, sur le minaret.

« Bismillahi'rrah mani'rrahim. » Fidèles et Croyants, allez faire vos prières. Allah est grand, et Mahomet est son prophète !

SCÈNE II

FATIME, ZOBÉÏDE.

Sous la grande porte du milieu apparaît Fatime, soutenue par Zobéide. Fatime rejette son voile et marche péniblement.

ZOBÉÏDE.

O ma maîtresse ! que de chagrins vous me causez aujourd'hui ! Pourquoi vous laisser abattre ainsi ?

FATIME.

Ah ! Zobéïde, si tu connaissais les causes de mon mal !

ZOBÉÏDE.

O princesse Fatime! chère maîtresse, pourquoi vous désoler ?

FATIME.

Hélas ! Zobéïde, toi qui m'as élevée jusqu'à ce jour, n'est-ce pas que tu m'aimes ?

ZOBÉÏDE.

Oh ! certes, Fatime, je suis votre esclave et je vous suis dévouée jusqu'à la mort.

FATIME.

Apprends donc mon chagrin et mes tourments; loin de blâmer les sentiments nouveaux et étranges qui me dominent, cherche à les comprendre! Ah ! si tu savais ce que je souffre !

ZOBÉÏDE.

Chère maîtresse !

FATIME.

Écoute, je vais t'ouvrir mon cœur; je n'ai personne autre à qui me confier.

ZOBÉÏDE.

Parlez, maîtresse, votre esclave vous écoute.

FATIME.

Si tu me vois languir et dépérir de jour en jour, cela vient, ô Zobéïde, du remords que j'éprouve d'avoir été la cause, involontaire il est vrai, d'une mesure barbare prise par mon père, hélas !

C'était à la veille de la fête de l'Égire; mon père, selon la coutume, allait renvoyer, indemnes et libérés, un certain nombre de captifs. Par quelle fatalité devais-je, ce jour, me trouver sur leur chemin ? Toujours est-il que, parmi ceux qui devaient partir, un seul frappa mon attention :

De haute stature, aux allures guerrières et chevaleresques à la fois, son fier regard imposa à mes yeux ; alors une curiosité, un caprice d'enfant gâté s'emparèrent de moi.

Soudain toutes les histoires de ces preux chevaliers, de ces guerriers chrétiens, ennemis du prophète, histoires avec lesquelles tu berças mon enfance, me traversèrent l'esprit ; et m'adressant à mon père : « Ne laisse pas, lui dis-je, partir aujourd'hui celui des chrétiens qui en ce moment « même nous envoie un éclatant regard. — C'est « bien, dit mon père, je l'enverrai au chef de tes « esclaves. — Ce n'est point cela, lui répliquai-je, « je ne prétends pas ravir à cet homme sa liberté

« à peine reconquise. Je voudrais simplement « apprendre de sa bouche même l'histoire de ses « aventures. »

Aussitôt mon père donna ordre de suspendre le départ; les autres captifs furent ramenés à la Casbah, et, moins d'une heure après, l'homme désigné par moi fut amené ici même.

« Chien de chrétien, lui dit mon père, ta mise « en liberté et ton départ ne sont que reculés. « Auparavant, raconte-nous par suite de quels « événements tu es tombé en mon pouvoir. Ce « n'est point moi que l'histoire intéresse, mais « bien ma fille Fatime. — Votre fille peut se « laisser conter des histoires par sa nourrice, « répliqua hardiment l'étranger, tout en me lan- « çant un regard plein de feu. Quant à moi, ô « dey ! je bénis le hasard qui me met face à face « avec toi. Depuis ma captivité, j'ai vainement « cherché l'occasion de te remettre ce pli. Qu'on « le respecte, car il contient les volontés de Louis, « de par la grâce de Dieu mon seigneur et mon « roi. (Fatime tousse.)

ZOBÉÏDE.

Je suis tout oreilles, mais je vois que vous vous fatiguez. De grâce, reposez-vous !

FATIME.

Non, non, ce n'est rien, et cela me soulage de pouvoir tout te dire.

Comme bien tu penses, la lettre du sultan des chrétiens ne contenait rien d'agréable pour mon père. Entrant dans une violente colère : « Je « punirai, s'écria-t-il, l'insolence de ce roitelet, à « moins qu'il ne consente à souscrire à mes con- « ditions. C'est toi, mécréant, qui les lui porteras. « Pour m'assurer ton retour, je retiens comme « otages tous ceux que j'allais rendre à la liberté « aujourd'hui. Leurs têtes me répondront de la « tienne. » (Elle couvre sa figure de ses mains et reste un instant plongée dans la méditation.)

ZOBÉÏDE.

De grâce, chère maîtresse, ne vous désolez pas ainsi.

FATIME.

Je n'ai pas fini... Le noble jeune homme s'inclina, jura de revenir et partit. Depuis lors on n'entend plus parler de lui; le délai fixé par mon père est expiré aujourd'hui même, et je tremble, vois-tu, à la pensée des nombreux malheureux dont le sang doit couler. Depuis ce matin les gardes sont doublées, un mouvement mystérieux et de mauvais augure se fait ici, et j'ai aperçu la figure hideuse et avide de sang de Mesrour, le bourreau.

ZOBÉÏDE.

Je vous remercie, chère et bonne maîtresse, de

m'avoir prise pour confidente; oui, je comprends votre douleur.

FATIME.

Que faire ? nous n'avons personne pour nous aider; voici le dernier jour. Le dey, mon père, est bien décidé d'immoler ces victimes de sa colère. (Après une pause.) Ah ! voici une idée; c'est le ciel qui me l'envoie... Zobéïde...

ZOBÉÏDE.

Princesse.

FATIME.

Vous connaissez parmi les captifs l'ami de celui que nous attendons ?

ZOBÉÏDE.

Oui.

FATIME.

Allez le quérir. Les gardes ne refuseront pas de le laisser circuler librement dans l'intérieur; j'apprendrai peut-être de lui quelque nouvelle.

ZOBÉÏDE.

Soyez sans crainte; dans peu d'instants il sera auprès de vous.

(Elle s'en va.)

SCÈNE III

FATIME, ZOBÉÏDE, LETELLIER.

FATIME, seule; elle s'agenouille.

Dieu tout-puissant! j'implore ici à genoux ton secours et ta protection pour tous ces malheureux chrétiens vers lesquels une irrésistible sympathie m'attire! J'implore aussi mon pardon pour le mal immense que j'ai causé. Seigneur, ah! Seigneur Dieu, m'exauceras-tu? me pardonneras-tu?

LETELLIER apparait, enchainé, sur le seuil, en même temps que Zobéïde; derrière lui viennent se ranger deux gardes. D'une voix solennelle :

Il est bon de se confier au Seigneur plutôt que de se confier dans l'homme.

Il est bon d'espérer au Seigneur plutôt que d'espérer dans les princes (1).

FATIME.

Dieu vous entende, ô chrétien! Vos paroles jettent du baume sur une douleur terrible, sur une douleur avivée par ma conscience profondément troublée...

(1) Ps. cxvii, 8, 9.

LETELLIER.

Celui, qui sonde les consciences et qui les juge, vous tiendra compte de vos angoisses généreuses. Je connais, princesse, les causes de votre chagrin et de votre trouble.

FATIME, éplorée.

Hélas!

LETELLIER.

Que n'êtes-vous chrétienne, afin que je puisse vous donner la consolation divine, vous rendre la paix et laisser pénétrer en vous l'espoir, cet ange céleste qui ranime et soutient nos courages.

FATIME.

Quoi! vous espérez encore le retour de votre ami, aujourd'hui, alors que déjà se font les préparatifs de votre mort et de celle de vos infortunés compagnons?

LETELLIER.

Certes! jamais je ne cesserai d'espérer en Celui qui a dit: « Que votre cœur ne se trouble point et ne craigne point. Croyez-en moi et confiez-vous en ma miséricorde (1). »

FATIME.

Mais votre ami? croyez-vous qu'il ait le courage,

(1) Joann. xvi, 1, 37.

jeune et beau comme il est et plein d'avenir, de revenir ici, braver la colère de mon père et peut-être se faire immoler ?

LETELLIER.

Nous sommes dans la main de Dieu, qui seul connaît la destinée des hommes ! Mais n'oubliez pas, princesse, que le comte Porçon de la Barbinais est *Français* et *gentilhomme*, c'est-à-dire brave et loyal. Il reviendra, soyez-en certaine, quel que soit le sort qui l'attende ici.

FATIME.

Mais qui donc vous inspire, vous autres chrétiens ? à qui obéissez-vous, pour pouvoir produire de pareils traits sublimes ?

LETELLIER.

Notre exemple, princesse, c'est le Christ lui-même, le fils du Dieu unique qui est venu sur la terre, qui s'est fait petit, qui a souffert et qui est venu s'immoler pour sauver l'humanité !

FATIME.

Ah ! vous m'éblouissez !

LETELLIER.

Un regard sur la croix, un regard sur le Christ, victime divine et innocente, voilà ce qui doit suffire au chrétien pour puiser la force et l'abnégation nécessaires ; voilà ce qui guidera et ramènera mon noble ami.

FATIME.

Ah ! que vos paroles sont belles et suaves ! Merci, merci mille fois ! Je me prends à espérer contre toute apparence. (Elle s'agenouille.) O Seigneur ! Dieu des chrétiens ! Dieu de miséricorde ! viens sauver ceux qui t'adorent et qui croient en toi.

LETELLIER.

Ainsi soit-il.

FIN DU PREMIER ACTE.

ACTE SECOND

Même décor. Le dey d'Alger se tient sur son trône; il est entouré d'ulémas, de dignitaires et d'esclaves. Mésrour, le bourreau est posté à l'arrière plan. Le visir est auprès du dey avec lequel il joue aux échecs.

SCÈNE PREMIÈRE

LE DEY, LE VIZIR, UN ULÉMA.

LE DEY.

Ton fou est bien nommé, vizir ! Oser se mettre ainsi à ma portée. Je le prends.

LE VIZIR.

Soit, seigneur ! mais il a fait son devoir. Voyez plutôt : échec.

LE DEY, après une pause.

Par Mahomet ! je suis mat. C'est une journée qui commence mal. (Il repousse l'échiquier et s'adresse à un esclave.) Allez chercher Zobéïde ; il me tarde d'avoir des nouvelles de Fatime, ma fille bien-aimée. (L'esclave s'incline et disparaît.) Et maintenant, passons aux affaires. Où en sommes-nous ? La ville ?

LE VIZIR.

Tout va pour le mieux, seigneur. La ville est tranquille et les croyants sont heureux sous votre domination.

LE DEY.

Le trésor ?

LE VIZIR.

Il s'emplit, mon maître ; il grossit de jour en jour ! Hier encore il s'est augmenté de la fortune d'Abner le Juif, qui en a fait abandon.

LE DEY.

Comment ! Abner, lui si avare, a fait un pareil sacrifice ! Ce prodige m'étonne bien.

LE VIZIR.

A vrai dire, mon maître, sa résolution n'était pas spontanée ; une bastonnade vigoureuse y a contribué puissamment.

LE DEY.

Bien cela. Quelles nouvelles de Sicile ?

LE VIZIR.

Excellentes ! Vos galères en sont revenues hier chargées de butin. Parmi les nombreux captifs, quelques grands seigneurs siciliens payeront fort cher et en beaux deniers comptant l'aversion qu'ils éprouvent envers notre climat et nos mœurs.

LE DEY.

Fort bien, fort bien ! Que sait-on des caravanes attendues pour les fêtes du Baïram ?

LE VIZIR.

On les guette, mon seigneur, on les surveille; celles qui tenteraient d'échapper à notre protection périront dans le désert.

LE DEY.

Parfait! Et Cadix?

LE VIZIR.

Cadix? (Il se gratte la tête.) Ah! voilà!

LE DEY.

Eh bien?

LE VIZIR, même jeu.

Oui, voilà!

LE DEY, avec colère.

Voilà quoi? parleras-tu, chien de vizir.

LE VIZIR.

De Cadix, seigneur, les nouvelles ne sont point bonnes. Et pourtant tout était préparé pour une fructueuse campagne, et sans ce diable de roi de France...

LE DEY.

Encore lui! Je trouverai donc toujours ces Français sur mon chemin!

LE VIZIR.

Ils ne manqueront pas d'être exterminés jusqu'au

dernier; châtiment bien mérité, car sans eux le lac d'Alger (1) serait à nous sans conteste.

UN ULÉMA.

Maître, le vizir oublie de vous parler de Cadix.

LE DEY.

C'est juste. Comment et en quoi les Français se sont-ils mêlés de notre visite en Espagne?

LE VIZIR.

D'une façon fort désobligeante et désastreuse au dire des revenants de cette expédition. La surprise de Cadix avait parfaitement réussi. Déjà nos galères, encombrées de roumis et de richesses, cinglaient vers notre port, lorsque hier, au lever du soleil, elles se trouvèrent entourées de vaisseaux, portant le pavillon abhorré de la France.

Ils ont dû être nombreux comme les étoiles du ciel, puisqu'ils ont réussi à s'emparer de nos galères, de nos marins et des trésors enlevés là-bas. Ensuite, ils ont déposé dans un canot quatre des nôtres, ceux dont je tiens cette fâcheuse nouvelle...

LE DEY.

Que l'on arrache la langue à ces poltrons, ils payeront de leur vie ce message de malheur!

(1) Les Arabes nomment ainsi la Méditerranée.

UN ULÉMA.

Profondément juste, o dey!

LE VIZIR, continuant.

... Avec mission de vous annoncer leur arrivée devant Alger même!

(Les assistants donnent des signes de la plus grande consternation.)

LE DEY, avec violence.

Quelle démence audacieuse! ce roi de France ne doute de rien! envoyer ses vaisseaux sous les canons de ma résidence? (S'échauffant de plus en plus.) Mais je l'exterminerai...

UN ULÉMA, s'inclinant.

Sans aucun doute!

LE DEY.

Je briserai jusqu'au dernier canot...

UN ULÉMA.

Assurément!

LE DEY.

Je ferai couper la tête à tous ces mercenaires. (De plus en plus emporté.) Allons, vizir, que Mesrour commence sans tarder! Combien sont-ils?

LE VIZIR.

Vous oubliez, seigneur dey, que nous n'avons pas encore pris un seul des vaisseaux, ni captivé le moindre Français. En attendant, j'ai préparé une réponse sanglante à l'insulte qui vous est faite.

LE DEY.

Comment cela?

LE VIZIR.

Les quatre cents chrétiens que vous avez gardés comme otages du comte Porçon de la Barbinais attendent vainement son retour; le délai, d'ailleurs, est expiré. (Avec insinuation.) La vie de ces misérables vous appartient; prenez-là... et vengez-vous.

LE DEY.

Par Allah! voilà qui est bien dit! (Il descend de son trône.) Oui, j'ai soif de vengeance et tu as fort bien fait d'y songer! Que l'on fasse mourir tous ces esclaves d'un roi que je hais. Je veux assister à leur supplice, me réjouir à l'aspect de leur sang! Que leurs têtes, trophées hideux, soient suspendues au-dessus des portes les plus en vue de la ville, pour faire trembler d'épouvante les Français, ces giaours, ennemis jurés du prophète et les miens.

Va, mon fidèle vizir; annonce à ces misérables, que l'heure de ma vengeance a sonné et qu'ils vont mourir. (Le vizir s'incline et disparaît.) Toi, Mesrour, prépare-toi; tu auras de la besogne.

Mesrour veut s'éloigner à son tour, mais au moment de franchir le seuil, il en est empêché par l'arrivée de Fatime, suivie de Zobéide. Au loin ou entend des exclamations de désespoir et des cris « Grâce, grâce. »)

SCÈNE II

LES MÊMES, FATIME.

FATIME, éplorée.

Mon père, mon seigneur! entendez-vous les voix de ces malheureux? laissez-vous attendrir et ne commettez pas une action aussi barbare.

LE DEY.

Non! ils mourront; leur sang sera agréable au prophète qui nous a dit « Tuez les impies partout où vous les trouverez » (1).

FATIME, avec force.

Mon père, le prophète enseigne aussi : « Combattez contre ceux qui vous feront la guerre. Mais ne commettez point d'injustice, car Dieu n'aime pas les injustices » (2). Pitié donc, mon père, épargnez ces malheureux.

LE DEY.

Non, pas de pitié, j'ai à me venger d'un affront et je tiens ma vengeance.

(On entend de nouveau les cris des captifs.)

(1) Koran, ch. II, 187.
(2) Koran, ch. II, 186.

FATIME.

Père, au nom du Dieu puissant, laissez-vous fléchir.

LE DEY.

Allons, en voilà assez! je ne veux plus rien entendre.

(Il s'éloigne, suivi de son entourage.)

FATIME.

O Dieu! Tout est donc perdu! je suis désespérée!

FIN DU DEUXIÈME ACTE.

ACTE TROISIÈME

Dans les appartements de la princesse Fatime. Celle-ci dort étendue sur un divan, elle est entourée d'esclaves. Zobéïde l'examine anxieusement. Letellier qui n'est plus enchaîné, lit dans un bréviaire.

SCÈNE PREMIÈRE

ZOBÉÏDE et LETELLIER.

ZOBÉÏDE.

Ce sommeil est trop agité pour être de bon augure.

LETELLIER, fermant son livre et s'approchant.

Il est le précurseur d'une crise qui ne tardera pas. Je crois de mon devoir, Zobéïde, de ne pas vous en cacher la gravité; prévenez aussi le dey, son père.

(Zobéïde se dirige en pleurant vers un groupe d'esclaves; l'une d'elles se détache et disparaît; après quoi Zobéïde se jette consternée aux pieds de Fatime.)

Hélas, hélas! que Dieu ait pitié de ma pauvre maîtresse.

LETELLIER.

Je viens d'adresser pour elle ma plus ardente prière au Seigneur.

Maintenant que vous êtes chrétienne, ô Zobéïde, ainsi que la chère enfant qui dort ici, il faut placer votre confiance dans le Christ et vous en remettre à sa divine sagesse.

ZOBÉÏDE

Certes, je m'incline devant les décrets du très Haut.

LETELLIER, solennellement.

Dont la volonté soit faite sur la terre comme au ciel. Ne nous a-t-il pas déjà accordé son évidente protection ? Dans l'instant précis où le dey, excité par les conseils perfides de son vizir, venait d'ordonner la mise à mort de tant d'innocents, n'a-t-il pas ramené le comte Porçon de La Barbinais pour les sauver ? Oui, c'est Dieu, Dieu seul qui a guidé ses pas, qui lui a inspiré une action sans égale et digne de passer à la postérité. Au lieu de remettre au roi la lettre offensante du dey, et les propositions humiliantes qu'elle contenait, il l'a déchirée devant Sa Majesté, l'engageant à déployer son glorieux pavillon et d'envoyer ses vaisseaux jusqu'ici même, afin d'imposer le respect dû à la France.

C'est Dieu encore qui inspira à mon noble ami l'héroïque et incomparable résolution de revenir ici pour dégager sa parole et sauver les têtes de ceux qu'il savait condamnés. Aussi, ni les prières de sa jeune épouse éplorée, ni les instances de ses amis ne purent le détourner de la voie qu'il s'était tracée. Il avait juré de revenir, il est revenu, faisant ainsi à sa patrie le sublime sacrifice d'un brillant avenir, de sa liberté... peut-être même de sa vie, car le dey pardonnera difficilement la ruine de ses prétentions.

Quoi qu'il arrive enfin, rien ne se fera sans la volonté de Dieu; lui seul est maître de notre sort.

ZOBÉÏDE.

C'est vrai, le doigt de Dieu s'est manifesté à l'égard de nous tous. Mais, hélas! voyez dans quel état se trouve la princesse!

Après le retour si inattendu du vaillant Français et la mise en liberté des otages, une heureuse transformation s'était opérée en elle; malheureusement une scène terrible ayant éclaté entre le dey et le comte, nul ne sait ici ce que ce dernier est devenu, et son sort affecte vivement la princesse qui, depuis lors, souffre et pleure sans cesse.

FATIME, se réveillant.

Zobéïde.....

Péndant que Zobéïde se dirige vers Fatime, autour de laquelle les esclaves s'empressent, la grande porte du milieu donne passage au dey.)

SCÈNE II

LES MÊMES, LE DEY.

Son cortège reste en dehors, mais on l'aperçoit.

LE DEY se précipite vers sa fille.

Fatime!..... fille bien-aimée...

(Fatime se soulève lentement et graduellement et sans paraître remarquer son entourage; pendant qu'elle parle sous l'inspiration d'une vision, on entend une lointaine symphonie.)

Père... mon père... celui qui se sert du glaive périra par le glaive... Pourquoi laissez-vous tuer, pourquoi répandre le sang d'un innocent?

.. Ah!.... Voici l'âme de la victime qui monte vers le ciel, devant l'Éternel qui vous juge.....

Le sang répandu crie vengeance..... elle viendra sûrement... oui, la voici déjà: je vois les soldats d'un roi chrétien, d'un descendant de celui dont vous bravez la puissance; son drapeau s'étend sur Alger régénérée et sur toutes ces contrées.... Je vois l'Islam cruel et fanatique, vaincu par le Christ dont le signe triomphant est planté jusqu'aux confins du désert, pour servir de phare céleste aux peuplades de l'Afrique! Père, écoutez bien : Ce signe, c'est la croix! Ce drapeau est celui de la France!

(Fatime retombe, épuisée, dans les bras de Zobéide.)

LE DEY, consterné.

Que dit-elle...

LETELLIER.

Le Seigneur, ô dey, par la bouche de votre enfant, vient de vous avertir. Épargnez au moins le sang du comte.

LE DEY.

Il n'est plus temps; son sort est décidé.

LETELLIER.

Prenez garde, ô dey! Dieu vous punira! il vous frappera dans votre affection.

LE DEY.

Que veux-tu dire?

LETELLIER, montrant Fatime.

Voyez! Le sort de la princesse dépent de celui du comte! Ils vivront où ils mourront ensemble.

LE DEY.

Malédiction sur moi, si tu dis vrai! Vite, vite! Gardes, esclaves; que l'on porte ceci à mon vizir. (Il tire un anneau de son doigt.) C'est le signe convenu pour suspendre les exécutions.

(Un officier des gardes prend l'anneau et veut s'éloigner.)

SCÈNE DERNIÈRE

LES MÊMES, MESROUR.

Mesrour apparaît et jette une tête enveloppée aux pieds du dey ; il essuie son glaive (1).

C'est fait.

FATIME, dans les bras de Zobéïde.

A revoir.., là-haut!

(Elle laisse tomber les bras inertes, pousse un léger soupir et meurt.)

ZOBÉÏDE, terrifiée.

Seigneur, seigneur dey, votre fille est morte!

LE DEY, se jette sur le corps de son enfant.

Fatime!

LETELLIER.

Elle est montée au ciel, rejoindre la noble victime qui déjà rayonne dans l'aurore d'une glorieuse immortalité.

FIN

(1) Cette scène doit reproduire aussi exactement que possible le célèbre tableau de Henri Regnault intitulé : *Une exécution au sérail.*

Paris. — Imp. P. Mouillot, 13-15, quai Voltaire. — 21322